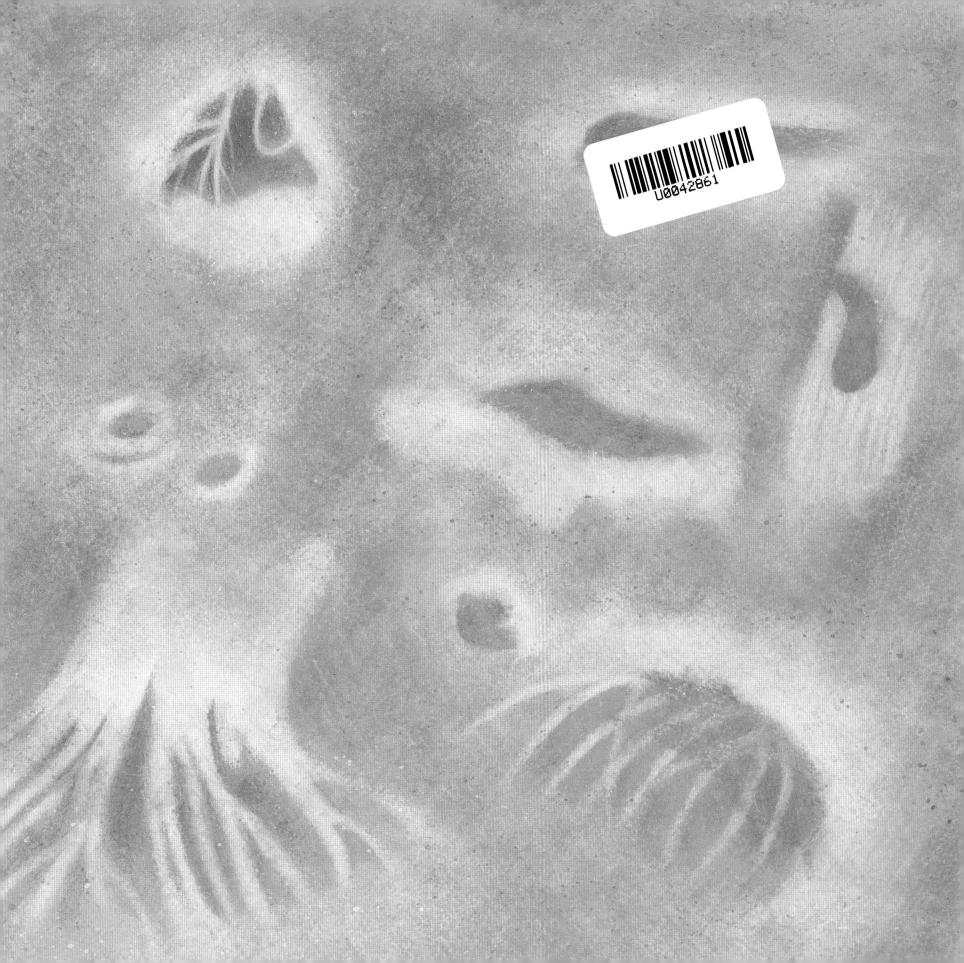

是誰在洞裡啊？

文・圖／鄭潔文　審訂／林大利（特有生物研究保育中心助理研究員）、黃一峯（自然生態教育工作者）　美術設計／蕭雅慧

編輯總監／高明美　總編輯／陳佳聖　副總編輯／周彥彤　行銷經理／何聖理　印務經理／黃禮賢

社長／郭重興　發行人暨出版總監／曾大福　出版／步步出版 Pace Books／遠足文化事業股份有限公司　發行／遠足文化事業股份有限公司

地址／231 新北市新店區民權路 108-2 號 9 樓　電話／02-2218-1417　傳真／02-8667-1891　Email ／ service@bookrep.com.tw

客服專線／0800-221-029　法律顧問／華洋國際專利商標事務所・蘇文生律師　印刷／凱林印刷股份有限公司

初　版／2019 年 10 月　定價／350 元　書號／1BTI1022　ISBN ／978-957-9380-45-4

是誰在洞裡啊？

文・圖／鄭潔文

一天下午，黑熊在森林裡找尋蜂蜜時，

發現枯木的樹皮有被尖尖的爪子抓過的痕跡。

石頭下、倒木旁，
更是被挖出了好幾個洞。

洞周圍的土堆上，
還留下一些掌痕……

隱隱約約延續到──
陡坡上野花野草遮蔽的洞穴裡。

「是誰在洞裡啊？」黑熊抖抖鼻子，聞了聞。

「土壤的味道、樹根的味道、
石頭的味道、葉子的味道⋯⋯」

「咦？有一股沒聞過的味道耶。」

「是誰在洞裡啊？」
黑熊瞇起眼睛，瞧了瞧。

「彎彎曲曲的，有多深呢？」

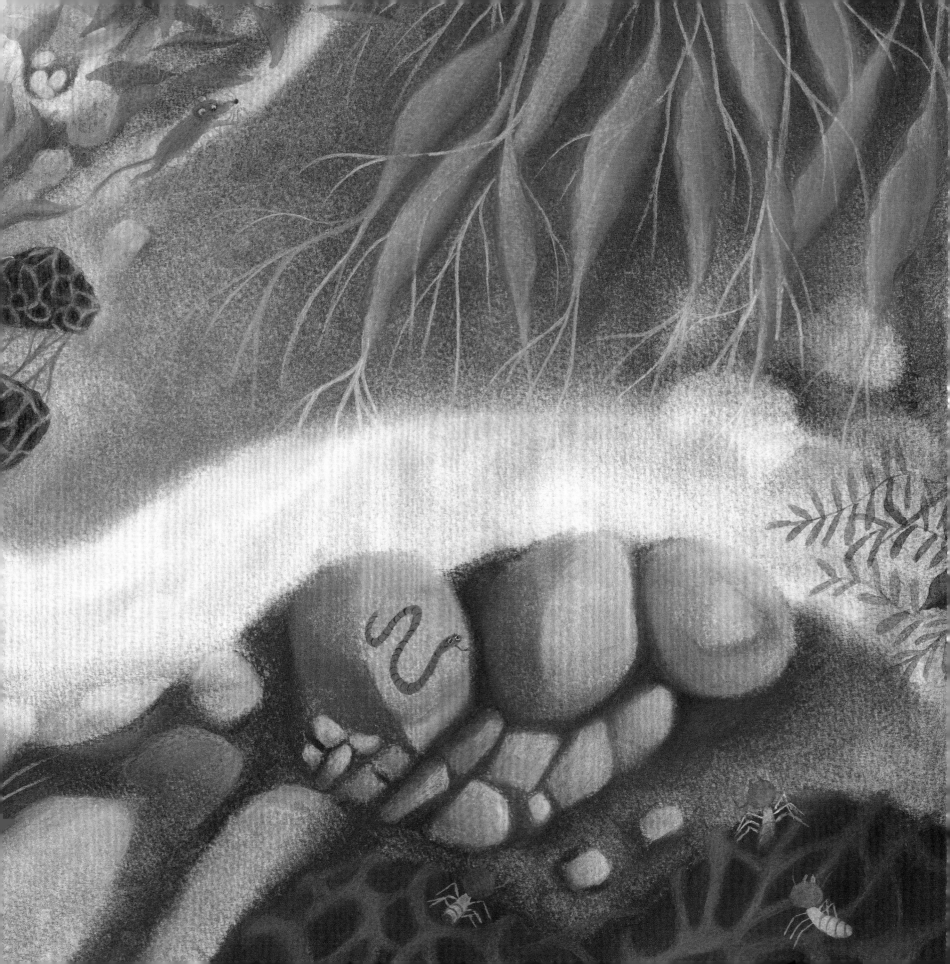

抓，

抓抓，

抓抓抓！

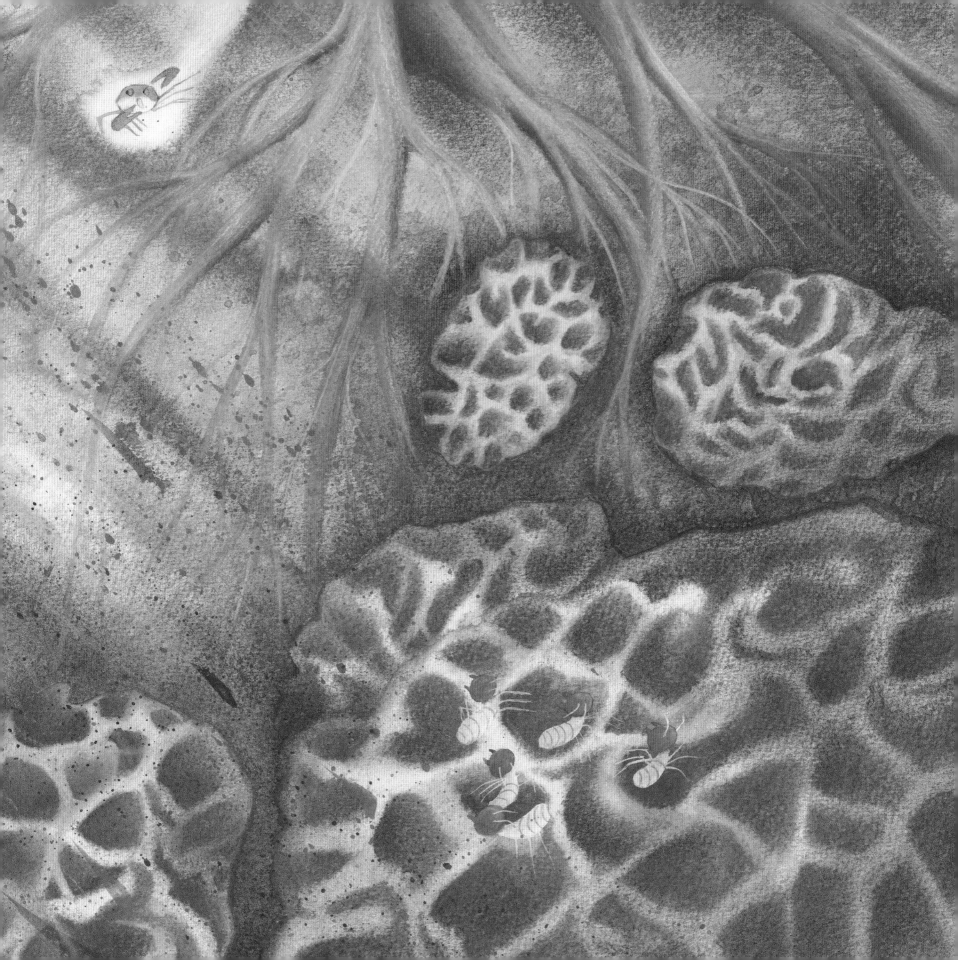

「糟糕，抓到蟻窩了！」

走開，

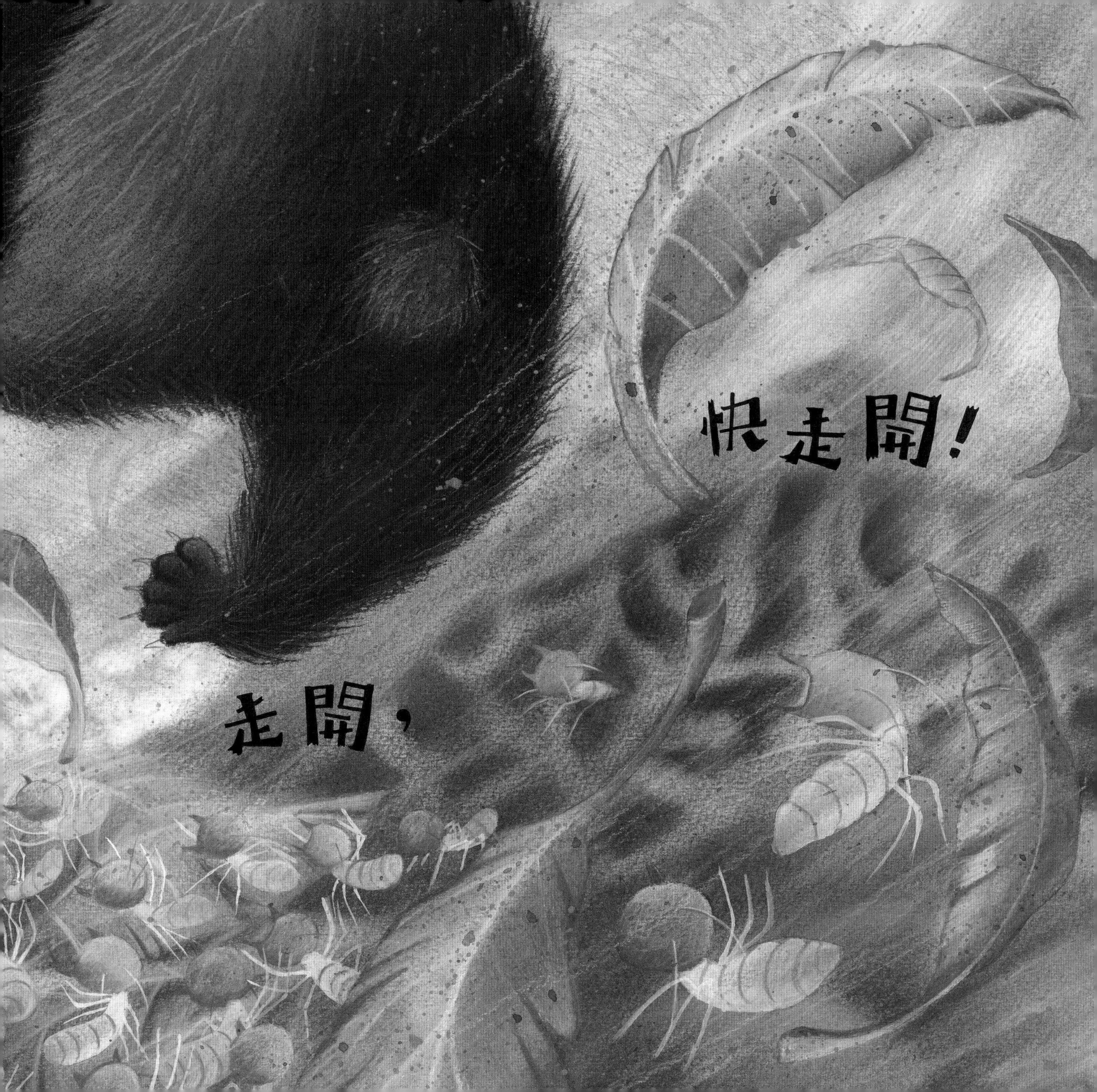

走開，
快走開！

「什麼聲音？發生什麼事啦？」

「原來是穿山甲啦。」

「啊！有了。」
闖禍的黑熊靈機一動，
決定帶著穿山甲到
森林的另一頭。

「那裡的樹幹上，
有最美味的蜂蜜和最大的蟻窩。」

「好好吃喔。」

在洞裡的動物們

洞

森林裡有各式各樣的洞，
樹幹上的樹洞、
地面上的地洞、
峭壁上的岩洞……

這些大大小小的洞，
有些是被挖出來的、
有些是自然形成的。
然而不論是哪一種，
動物們總是能好好的善加利用。

書裡會挖洞的動物

① 穿山甲

會游泳也會爬樹，白天休憩於洞穴中，夜晚覓食，
是自然界的挖土機。牠所挖掘出來的洞穴，是很
多動物躲藏、休憩、玩耍的好地點。

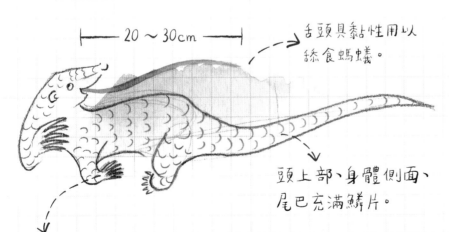

├── 20～30cm ──┤

舌頭具黏性用以
舔食螞蟻。

頭上部、身體側面、
尾巴充滿鱗片。

長長的爪子，用來挖土、扒開蟻巢。
走路時，為了保護爪子不損壞，會內
曲爪子以爪背行走。

├──── 45～56cm ────┤── 30～40cm ──┤

◎ 穿山甲居住洞外貌

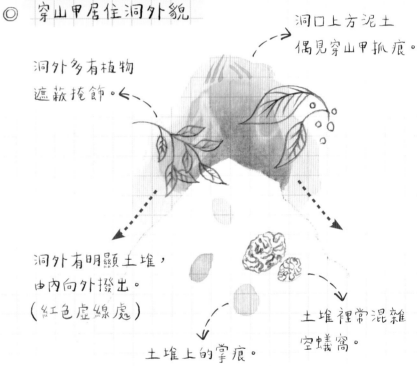

洞口上方泥土
偶見穿山甲抓痕

洞外多有植物
遮蔽掩飾。

洞外有明顯土堆，
由內向外撥出。
（紅色虛線處）

土堆上的掌痕。

土堆裡常混雜
空蟻窩。

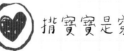 揹寶寶是穿山甲媽媽特別的育幼行為。

◎ 穿山甲洞穴分為兩種

居住洞： 多選擇於隱密陡坡，用來躲避寒冷天氣，以及養育小穿山甲。
洞內溫度約攝氏25度，早晚氣溫變化小。

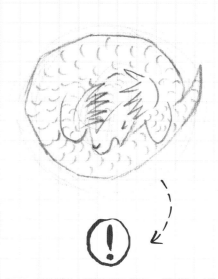

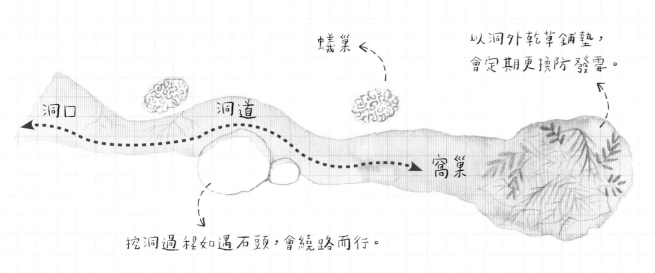

蟻巢

以洞外乾草鋪墊，
會定期更換防發霉。

洞口

洞道

窩巢

挖洞過程如遇石頭，會繞路而行。

! 穿山甲受到驚嚇時，會捲成球形自保。全世界有8種穿山甲，每一種都面臨盜獵及走私的威脅，是地球上走私量最大的哺乳動物，其保育刻不容緩。

覓食洞：

洞道約2～3m（紅色虛線處），無窩巢，用於獵食白蟻，
一個晚上可以挖出好幾個。

---

② 臺灣鼴鼠（穿地鼠）

在地底下生活，喜歡滑滑的蚯蚓。
手像鏟子方便用
來挖土。

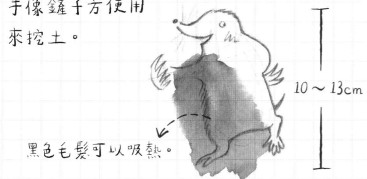

黑色毛髮可以吸熱。

10～13cm

◎ 鼴鼠的地洞

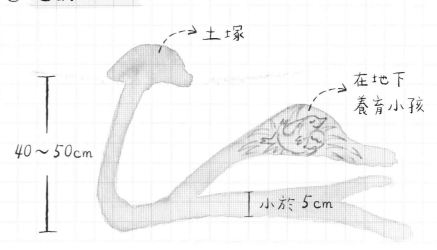

土塚

在地下
養育小孩

40～50cm

小於5cm

③ 臺灣土白蟻

白蟻在樹幹上覆蓋泥道，用來覓食。

頭部：黃棕色　　身體：乳白色

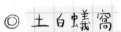

◎ 工蟻

4～6mm

◎ 土白蟻窩

建於地下，由一個主巢與多個副巢構成。

雞肉絲菇，大多在蟻巢廢棄後長出。

30～200cm

蟻道

半圓形

④ 翠鳥

雄、雌鳥會在水邊的崖壁上，以喙啄洞產卵。

男生：嘴黑色
女生：下嘴紅色

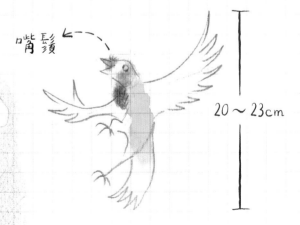

◎ 翠鳥的壁洞

40～100cm

4.5cm

5～7顆蛋

⑤ 大赤啄木鳥

5～7月的繁殖季節，雄鳥會鑿樹洞築巢。

男生：紅色　　女生：黑色

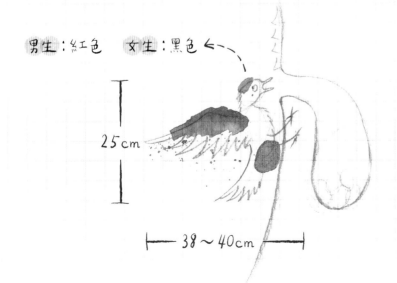

25cm

38～40cm

⑥ 五色鳥

身穿五彩衣，紅、黃、藍、綠、黑。

◎ 五色鳥洞

嘴鬚

將枯木軟化的部分，用嘴拉開築巢。

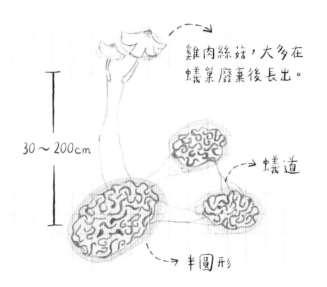

20～23cm

❼ 臺北樹蛙和豎琴蛙

雄蛙皆會挖泥洞，用來吸引雌蛙。

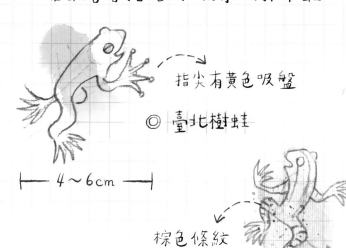

指尖有黃色吸盤

◎ 臺北樹蛙

├── 4～6cm ──┤

棕色條紋

◎ 豎琴蛙

◎ 豎琴蛙的泥洞

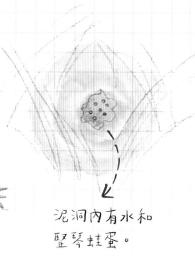

泥洞內有水和
豎琴蛙蛋。

❽ 食蛇龜

冬天會利用穿山甲的洞穴過冬。
也會挖洞下蛋，以泥土、樹葉
覆蓋。

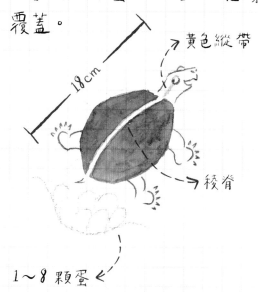

18cm

黃色縱帶

稜脊

1～8顆蛋

書裡利用洞的動物

❾ 麝香貓

尾巴有8～9節黑白相間環帶，也叫九節貓。

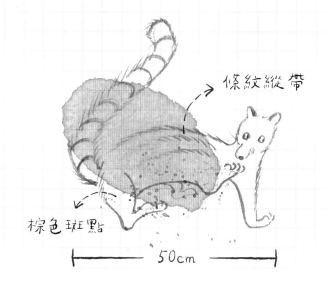

條紋縱帶

棕色斑點

├── 50cm ──┤

❿ 食蟹獴

喜歡乾淨的水域，螃蟹、魚、蛙、鼠、蝸牛，
樣樣來者不拒。

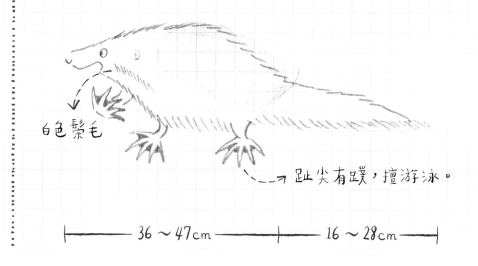

白色鬃毛

趾尖有蹼，擅游泳。

├── 36～47cm ──┤── 16～28cm ──┤

⑪ 鼬獾和白鼻心

兩者白天皆躲藏於倒木或樹洞之中，也都為雜食性動物。但鼬獾偏好土裡滑滑的蚯蚓和幼蟲，而白鼻心則喜愛核果更勝於食肉。

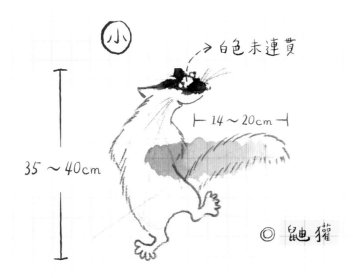

⑨ 小
→ 白色未連貫
├ 14～20cm ┤
35～40cm
◎ 鼬獾

白鼻心體形較鼬獾大，頭上白色縱帶的不同，是區分牠們最簡單的方法。

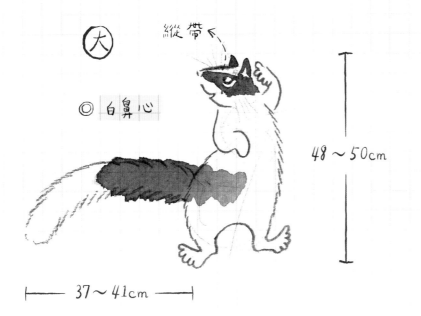

⑪ 大
縱帶 ←
◎ 白鼻心
48～50cm
├─ 37～41cm ─┤

⑫ 領角鴞

貓頭鷹不擅築巢，會利用天然的樹洞來當育嬰房。

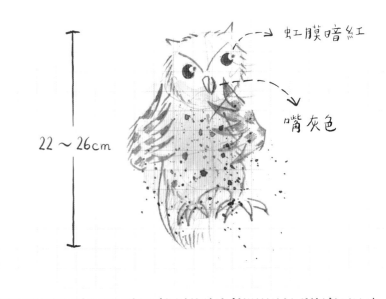

→ 虹膜暗紅
22～26cm
嘴灰色

⑬ 條紋松鼠

臺灣體型最小的松鼠。擁有一條不蓬鬆的長尾巴。

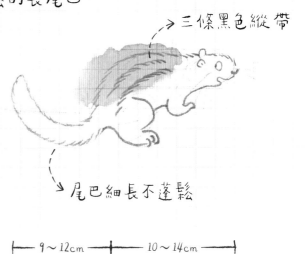

→ 三條黑色縱帶

尾巴細長不蓬鬆

├─ 9～12cm ─┼─ 10～14cm ─┤

⒕ 臺灣黑熊

臺灣黑熊不冬眠，沒有固定的住所，但會尋找
大樹洞、岩洞等隱密性較高的地方，繁殖育幼。
有時也會在食物豐盛的地點築「熊窩」。

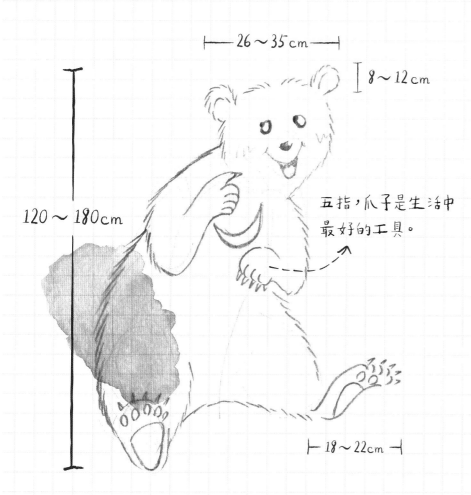

120～180cm

26～35cm

8～12cm

五指，爪子是生活中
最好的工具。

18～22cm

◎ 火刺木、錐果櫟、鬼櫟、山棕果、
　蜂蜜是牠們喜歡的食物。

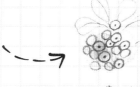

◎ 樹上、地上的熊窩

反覆壓折樹枝或芒草，做成一個大鋪墊。

◎ 樹上

◎ 地上

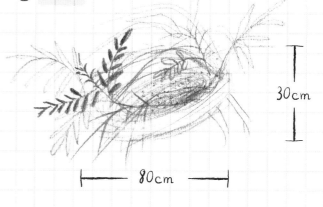

30cm

80cm

在樹幹、山壁中

火刺木　　錐果櫟　　鬼櫟　　山棕果　　中國蜂

從有形的洞到無形的洞

洞是一個帶點神祕色彩的未知，
它令人好奇、令人想探索、
卻也令人緊張甚至帶點恐懼。

洞只存在於自然界裡？
還是也存在於人與人相處之間？
也存在於追求新知的過程？

書裡的洞設定很單純，就是穿山甲的居住洞。
主人翁是大大的黑熊，牠進不去小小的洞裡，
所以牠憑藉著動物的五感，去探索、去挖掘，
雖然過程中是有搞砸了一些事情啦，
但牠不逃避的態度，也讓牠認識了一個，
看似和牠完全不同，但卻一樣會挖掘、
會爬樹、甚至還會游泳的新朋友。

那面對生活裡的洞呢？
我們是不是也可以像書裡的黑熊一般，
用質樸的真誠去面對？

我認為是可以的，
所以我開始著手繪製這一本書。

但排山倒海的問題馬上就出現了：
穿山甲的洞長什麼樣子啊？
牠為什麼要挖洞、在哪裡挖洞？

好多的問號，是在網路上找不到答案的，
所以我特別感謝臺灣黑熊保育協會
和穿山甲研究員孫敬閔老師，
他們提供了我很多生態上的資訊，
讓我更進一步的發現，
動物的每個行為，其實和人非常的相似，
例如：
穿山甲會更換洞裡用來當床墊的葉子，
因為葉子用久了會發霉。
這不是和我們清洗被單的道理一樣嗎？

動物很有趣！
只是由於物種的不同，
使人和動物之間產生了一個洞。
如果這本書能讓那個洞，
稍微變小一點，那就太好了。

作者簡介

鄭潔文

喜歡和故事裡的角色嘀嘀咕咕，
腦袋五顏六色的繪本創作者。

作品：
《是誰躲在草叢裡》（第 74 梯次好書大家讀、文化部 Books form Taiwan Issue 8 Summer 2018)、
《看見》（好書大家讀、斯洛伐克出版台灣兒童文學作家及插畫家選集）
《地震牛》、《親愛的姐姐等》。

FB 個人專頁：https://www.facebook.com/daiski42000

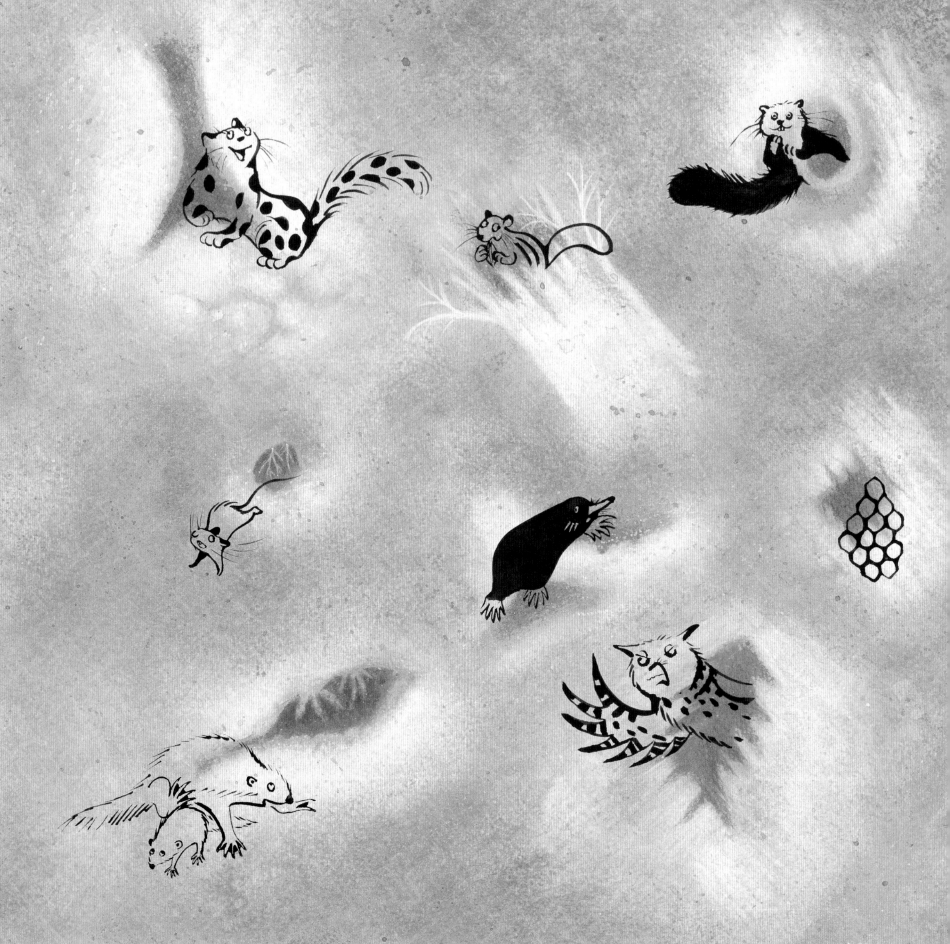